偶然

OU RAN

金占明 ◎ 著

黄河出版传媒集团
宁夏人民出版社

图书在版编目（CIP）数据

偶然／金占明著. -- 银川：宁夏人民出版社，
2020.6
ISBN 978 – 7 – 227 – 07233 – 1

Ⅰ.①偶… Ⅱ.①金… Ⅲ.①诗集 – 中国 – 当代
Ⅳ.①I227

中国版本图书馆 CIP 数据核字（2020）第 097646 号

偶然   金占明　著

责任编辑　杨敏媛
责任校对　白　雪
封面设计　文飞燕
责任印制　陈　哲

黄河出版传媒集团
宁夏人民出版社　出版发行

出 版 人　薛文斌
地　　址　宁夏银川市北京东路 139 号出版大厦（750001）
网　　址　http：//www. yrpubm. com
网上书店　http：//www. hh-book. com
电子信箱　nxrmcbs@ 126. com
邮购电话　0951 – 5052104　5052106
经　　销　全国新华书店
印刷装订　四川金邦印务有限公司
印刷委托书号　（宁）0017396

开本　880 mm×1230 mm　　1/ 32
印张　7.5
字数　150 千字
版次　2020 年 6 月第 1 版
印次　2020 年 6 月第 1 次印刷
书号　ISBN 978 – 7 – 227 – 07233 – 1
定价　48.00 元

序

出版这样一本诗集，于我来说纯属偶然，正像世界上很多夫妻和情侣偶然相遇一样；但另一方面，就像蝴蝶恋花一样，我深恋我们的祖国和诗歌文化，这也是把这本诗集定名《偶然》的原因。

像多数人一样，孩提时代自己的理想是成为居里夫人一样的科学家和教授，或者成为福尔摩斯一样的大侦探，或者是作家和诗人。尽管当时并不知道他们都应该具有什么样的特点，也不知道他们对人生及社会的影响和意义，但这些的确又成了埋在内心深处和潜意识的种子，一旦遇到了合适的气候和阳光，总会萌芽和开花。

在小学和中学时代，虽然自己各门课学得都还不错，但自认最喜欢和比同学略高一筹的还是语文，尽管如此，由于受生活环境所限，读的文学著作和诗歌却屈指可数。记得在中学还是什么时候读过贺敬之的《在西去列车的窗口》，郭小川的《他们下山开会去了》和《雷锋之歌》，以及后来读过徐志摩的《再别康桥》，林徽因的《你是人间四月天》，舒婷的《致橡树》，郑愁予的《错误》，余光中的《乡愁》等。一定意义上说，就是这些诗歌高雅的意境和唯美的表达吸引和征服了我，让我对诗歌产生了迷恋，对诗人多了一份敬重。

然而，历史和自己开了一个玩笑。我从大学开始学习工程技术专业，后来由于路径依赖和受轨道锁定效应的影响，从硕士研究生到博士研究生，从博士后再到教授，从事的一直是教学和研究工作，与文学和诗歌脱离了整整四十年。

直到2017年三八妇女节，我在同学朋友圈里写下了《多亏有你》；中学同学毕业43年后重聚，即兴写下了《何曾忘记》两首小诗后，明显地感觉潜藏多年的文学之虫有点蠢蠢欲动。也是那年国庆节前夕，妻子在厨房里问我："请问教授什么是祖国？"这引发了我一连串的思索，祖国悠久的历史、灿烂的文明、艰苦卓绝的斗争、现代化建设的伟大成就和博大精深的文化一幕幕地在我的头脑中闪过，让我感慨万千，挥笔写下了长诗《什么是祖国》，发表在《诗刊》上。

再过两年就要退休了，2018年以后，在完成本职工作的前提下，我开始了更多的诗歌创作。在这一过程中，我阅读了大量诗歌，尽情享受中国现代诗歌的意境和古典诗词的韵律之美。创作过程也给自己带来了无尽的愉悦和心灵的满足，它为我打开了心灵的又一个窗口。

事实上，没有哪一种文学和艺术形式可以像诗歌一样直抒胸臆，在用字很少的分行文字中展示着大自然的壮美和心灵的愉悦与悲伤，也没有哪一种文学和艺术形式寥寥数笔便可以直达人的内心和情感深处并留下荡气回肠的余音。当然，也没有哪一种文学和艺术形式像诗歌一样将自己裸露在众目睽睽之下，优美和缺陷也一目了然

尽管在诗歌欣赏，尤其是诗歌创作上我还是新手，但这并不妨碍有自己的审美情趣和鉴赏的标准。或者说，这并不妨碍自己与其他诗人，包括著名诗人在某些方面共勉。

第一，诗歌就是诗歌，它的形式显著区别于小说、散文和报告文学等等，它并不只是一段简单分行书写的文字，而是有内在的逻辑和结构的。一段很有思想和内容的话，若没有诗歌的表达形式，或者只是简单的分行书写，可以称之为散文或其他，却不能称其为诗歌。

第二，好的诗不仅仅是个体生命体验的简单的感知，而是一定要与读者，至少一定范围的读者产生强烈的共鸣，不然难免让人感到有矫揉造作和无病呻吟之嫌。反之，那些缺少个体生命体验的简单的口号式的呐喊会让人感到没有生命的底色，也让人觉得苍白和茫然。

第三，诗歌的语言应该是精炼和美的，比喻和引申都要恰当，不能想当然地进行夸张和对比，要符合事物的自然规律和内在的逻辑，尤其是不能哗众取宠，欺世盗名。

第四，好诗要有一定的节奏和韵律，前后段落和句子要有内在的联系，段落和内容的跳跃和断开要为主题服务，读起来朗朗上口，易于背诵和传播。

第五，好诗就像一件华美的衣服和珍贵的艺术品，不需要

创作者本人和其他人那么多解释和释义，它自己就在那里闪闪发光。

第六，诗歌应该而且只能是文学和灵魂融合的高地，只有灵魂的告白和文学之美的结合才会在历史的长河中历久弥新，闪耀夺目的光彩。

少年时代，成为诗人曾经是我的梦想；青壮年时代，我与诗歌渐行渐远；老年时代，我向诗歌愉悦地靠近和回归。它让我在人生道路的驿站上再一次出发，在夕阳红的岁月里眺望一抹瑰丽的晚霞。

真诚地感谢《诗刊》主编李少君先生、《诗刊》编辑聂权先生在诗歌欣赏和创作上给我的指导与帮助！我还要特别感谢《星星》诗刊副主编李自国先生在本书编辑和出版过程中给予的悉心指导和帮助！

金占明

2020 年 1 月于清华园

目　录

第一辑　什么是祖国

第二辑　语言的奥妙

第三辑　中秋的猜想

第四辑　期许与祝愿

第七辑　蝶恋

什么是祖国

什么是祖国

什么是祖国

这是否成为你的思索

她是古代女娲补天的遐想

还有嫦娥奔月的美妙传说

她是指南针和造纸术的发明

还有火药和印刷术在世界的传播

什么是祖国

这是否成为你的思索

她是轴心时代孔孟儒家思想千古的流传

还有老庄无为而治学说的深刻

她是法家韩非子治国的要义

还有孙子兵法力量的磅礴

什么是祖国

这是否成为你的思索

她是盛唐玄奘西游求索的佳话

还有李白、杜甫和白居易等大家留下的不朽诗作

她是毕昇和沈括对工匠精神的诠释

还有宋词豪放与婉约并蒂开放的风格

什么是祖国

这是否成为你的思索

她是成吉思汗的金戈铁马

还有元曲四大家对艺术的雕琢

她是明代郑和七次下西洋的探索

还有小说家文学史上的丰硕

什么是祖国

这是否成为你的思索

她是鸦片肆虐时林则徐虎门销烟的愤慨

还有火烧圆明园时三元里人民抗英的怒火

她是八年抗战台儿庄大捷的喜报

还有太行山上八路军的殊死拼搏

什么是祖国

这是否成为你的思索

她是井冈山和延安精神写下的华章

也是毛泽东在天安门城楼上举起的胳膊

她是两弹一星元勋们胸前的徽章

也是第一颗量子卫星在太空中的闪烁

什么是祖国

这是否成为你的思索

她是奥运健儿赛场上的顽强

也是航天英雄太空奏响的凯歌

她是杨振宁、李政道和屠呦呦带给国人的荣光

也是中国天眼视野的广阔

什么是祖国

这是否成为你的思索

她是海尔、联想、华为和大疆等的艰苦开拓

也是袁隆平稻田里坚实的脚窝

她是高铁列车在城际间的轰鸣

也是微信在手指间的穿梭

什么是祖国

这是否成为你的思索

她是危难时左邻右舍的帮扶

也是远隔重洋时妈妈的嘱托

她是两岸同胞血浓于水的乡愁

也是华夏儿女久别重逢的欢乐

什么是祖国

这是否成为你的思索

她是妈妈温暖的怀抱

也是中华儿女永远的承诺

她是共产党人领导中华复兴的伟业

也是砥砺前行中的你和我

大变迁
——纪念中国改革开放四十周年

我不记得多少重要的事情

写进一九七八年的日历

但记得妈妈缝制的老棉袄

还有一件灰色涤卡的外衣

伴我度过大学时代

和北方漫长的冬季

每月拾伍块肆角钱的伙食补贴

就是那个年代的骄傲和欣喜

春节回家的路上

从城市姐姐家带上二三十斤面粉

——送给伯父的见面礼

挤上拥挤不堪的绿皮车

气喘吁吁

但那时多吃上几顿白面皮的饺子

是多少乡村人的希冀

新娘结婚要的四大件

手表、自行车、收音机和缝纫机

记得 1988 年

自己博士生的二年级

那件爱不释手的西服

在家乡是那样被人瞧不起

他们不知道城市掀起了西服潮

也不认识昂贵的人字尼

从京城回海滨城市的绿皮列车

惊人地拥挤

小小的厕所内

也有几个乘客小憩

但在校园内的房子中

家里有了彩色电视机

在北京学生宿舍的楼层里

可以在电话里听家人问候的话语

每月的工资和补贴

62 块钱人民币

从 1990 至 1998 年

又是近十年过去

借着对外开放的东风

自己也有了两次北美访学的经历

那是好多读书人曾经的梦想

也是个人履历表上的绚丽

但异国雪地上排满的家用轿车

仍然昭示着我们与西方国家的巨大差距

那时的肯德基、麦当劳和比萨饼

在中国和美国的餐桌上代表着不同的意义

从美国归来带回的 7500 美元

让妻子的脸上洋溢着喜气

讲台上自己也会侃侃而谈

从哈佛大学案例库中选出的新案例

年家庭收入超过 10 万元

也预示着中国人的生活迈上了一个新台阶

2008 年属于一个新世纪

肯德基、麦当劳和比萨饼早已不再新奇

林立各种中西式餐馆的街道

留下了各国商客和朋友的足迹

家里新置的两套商品住房

让自己告别了羡慕别人的往昔

别克牌小轿车

成了校园代步的工具

和外国友人聊天

自谦中也隐含着站立起来了的扬眉吐气

家乡的柏油路上

也早已响起悦耳的汽笛

田野上的播种机、收割机和脱粒机

早已取代人力和畜力

问及现在的生活

乡亲们常常笑而不语

2018 年我已年过花甲

改革开放也经历了 40 年的风和雨

驾驶着新购的奔驰牌轿车观光

全家人有说不出的舒心和惬意

手机换了一代又一代

网上购物和微信支付成了生活的新情趣

出国旅游度假成了家常便饭

那是以前连想也不敢想的奢靡

年轻的同事讲一口流利的英语

在国际论坛上讲中国故事的启迪

家乡农民住的小洋楼

让都市人感叹不已

铮亮的柏油路

已经铺到了家乡的村子里

缩短了城乡之间的距离

第一次给山乡打上了城市化的印记

40 年的改革开放

不是终章而是序曲

更美好的祖国

是所有华夏儿女的祝愿与期许

英雄走来

——国庆70周年庆典巡礼

在英雄的队列里
他们走来

冒着硝烟和战火
黄继光、邱少云和李延年从上甘岭和346高地走来
鲜血染红的土地
盛开着漫山遍野的金达莱

目睹两弹一星的发射
邓稼先、于敏等元勋从戈壁荒漠走来

隐姓埋名的青春岁月

马兰花开

背着失明的老奶奶

雷锋从泥泞的小路上走来

一点一滴的奉献

平凡中的大爱

抖落裤腿上的泥巴和尘土

袁隆平从千顷麦浪中走来

脚下的田埂

杂交水稻育种之父心中最高的领奖台

深夜安置好最后一个受灾户

焦裕禄和孔繁森从兰考的盐碱地和青藏高原走来

舍小家为大家

优秀人民公仆的情怀

完成最后一个实验环节

核潜艇专家黄旭华从甲板上走来

三十年未进家门

为了祖国母亲——这个东西一万年也要搞出来——的期待

掠过苍穹

航天英雄从太空中走来

鲜艳的五星红旗带着民族的骄傲

飘扬天外

深潜 7062 米后

人民勇士从蛟龙号中走来

每深潜一米

都是战胜黑暗和死神的豪迈

萃取出最后一个青蒿素样品

屠呦呦从生物化学实验室中走来

挽救了几百万疟疾患者的生命

再一次赢得了全世界对科学家的膜拜

结束最后一轮调试

卫星之父孙家栋从北斗卫星导航系统和探月工程的发射场

　　走来

伴随火箭升空的巨大轰鸣

中国航天的力量排山倒海

领着微薄的退休费和津贴

老英雄张富清从湖北贫困的山城走来

几十载深藏功名

人生大幕上最亮眼的旁白

拧紧最后一个螺钉

大国工匠们从车间和工场中走来

用百万次的苦练和一丝不苟的精神

擦亮中国工业高精尖的底牌

中华之光

　　——致敬最高国家科学技术奖获得者、改革先锋、
共和国勋章获得者、当代毕昇——王选院士

1937 年他出生于上海

中华民族内忧外患的年代

受人凌辱和欺压的日子

警醒了矢志报国的少年天才

新中国的成立

点燃了他的梦想和家国情怀

北大计算数学专业的训练和积淀

厚积薄发的血脉

软硬件结合的研究

他睿智的目光投向了未来

活字印刷术作为我国古代的四大发明之一

让中华文明之光普照四海

宋代发明家毕昇

享誉中外

然而到 20 世纪 70 年代初期

中国的印刷业早已风光不再

停留在铅字印刷阶段

落后于发达国家整整四代

飞扬在印刷车间的铅粉

也是他心头不落的尘埃

汉字横、竖、撇、捺、勾、点之美

书法家的最爱

美丽的伊卡洛斯之翼

却是汉字激光照排最大的障碍

西方字母文字有限的字符横向排列

拍照时可以随意分割和布摆

汉字上下左右、半包围和全包围的结构

恰恰难以辨识和组排

驯化她需要跨过拆分、压缩、复原和储存等多道屏障

还要驱散第二代、第三代照排机不能跨越的心理阴霾

他敢为天下先

藐视无数困难和失败

发明汉字字形 500 倍的轮廓加参数的压缩和每秒 700 字复
　　原技术

将点阵汉字的存储量减少到原来的五百万分之一——震惊
　　中外

扫除了前进道路上的拦路虎

华光系列终于从幕后走向世界激光照排的大舞台

中文报业百分之九十九的市场占有率

让国外的竞争对手目瞪口呆

耸立起产学研融合的丰碑

中华文明又一个骄傲的存在

不计个人恩怨和得失

报效祖国——演绎了他一生的豪迈

18 年夜以继日的勤劳与奋斗

让中国印刷走出了铅与火的徘徊

今天的汉字激光照排技术

墨香五洲四海

仰望星空

4913 号——王选星依然放射出夺目的光彩

广场上的礼花

看到国庆节广场上空五彩缤纷的礼花

是否记得当年侵略者铁蹄下蹂躏的金达莱、梅花和山茶

听到 70 响礼炮的轰鸣

是否记得甲午海战中国炮声的嘶哑

见识陆、海、空三军将士的盛世军容

是否记得鸦片战争后一系列不平等条约留下的伤疤

感受广场上人们载歌载舞的欢乐

是否记得 1937 年的南京大屠杀

赞叹东风－41 这一大国重器隆重推出

是否记得年轻的共和国曾经受过的核威胁和讹诈

瞩目歼 15、歼 20 呼啸长空

是否记得多少科学家献出了青春年华

乐见游行的少年笑靥如花

是否留意多少老战士因思念牺牲的战友潸然泪下

回顾经济腾飞的巨大成就

是否记得先驱们冲破多少思想的桎梏和藩篱

感慨缤纷的礼花云霞般的灿烂

是否记得多少无名英雄和志愿者把鲜血和汗水挥洒

目睹数万只和平鸽从广场飞起

是否意识到建立人类命运共同体是中华儿女又一次伟大的

　　出发

广场上的礼花昭示我们

奋进吧！中华

祖国和我自己

祖国和我自己
像母亲和儿女
儿女的每次微笑
都是母亲心中的春风一缕

祖国和我自己
像田野和谷粒
谷粒的丰硕
就是田野的期许

祖国和我自己

偶　然

像江河和雨滴

雨滴汇入江河

才有磅礴的力气

祖国和我自己

像大海和涟漪

涟漪的涨落

是对大海的偎依

祖国和我自己

像乐章和音符

音符融入乐章

才会奏出优美的旋律

祖国和我自己

像文化和语句

语句离开文化

只是枯燥的堆砌

祖国和我自己

像历史和瞬息

瞬息映照历史

才有存在的价值和意义

祖国和我自己

像一座丰碑和其上的砖坯

砖坯所以闪光

是因为丰碑昂然屹立在大地

圆明园的秋天

秋天的一个傍晚

我走进圆明园

没有雾霾的天空

显得格外的蓝

路边的石狮子

似也露出了欢迎的笑脸

微风吹过湖面

送来初秋的温暖

菊花展前

很多人驻足观看

有人对着红色的"墨牡丹"和"墨菊"①

发出啧啧的赞叹
有人给予黄白相间的"瑶台玉凤"
更多的顾盼
有人青睐"雏菊"和"荷兰菊"的怒放
却冷落了"羞女"的收敛
有人不屑"雪海"的一片纯白
却把微笑送给了"冷艳"

走过荷塘岸边
又一种景观
荷叶竟已枯黄
失去了夏日的容颜
亭亭玉立的荷茎
无声地弯下了腰杆
改变了昂扬挺拔的样子
恰像塘边那个饱经风霜的老汉
让人醒悟
再美的事物也有暮年

福海的游船
都静静地靠了岸
倒映在湖水里的柳丝
轻轻抚摸着船桨划起的波澜
几只水鸭懒洋洋地浮在水面上
似乎在向行人炫耀它们的悠闲
枫叶的红和银杏的黄

偶 然

装点着秋日的斑斓
芦花不敌翠柳
诉说自己白发的哀怨

记不得转过了几道弯
我伫立到圆明园遗址的废墟前面
一大堆从皇帝宫殿上坍塌下的石头
早已失去往日的尊严
对着自己的臣民——民间的石头
竟也露出谦卑的容颜
原来帝王所谓的荣华富贵
只不过也是一道过眼的云烟
火烧圆明园的强盗行径
告诉他们的逻辑：没有公理，只有强权

转过遗址的断壁残垣
我的脚步不再留恋
霞光从云层中挣扎出来
太阳快要落山
五彩缤纷的背后
有渐渐涌上来的暗
瑰丽和繁华
停留得竟然如此短暂
圆明园的秋夜
透出了一丝丝的寒
注：①引号引起来的均为菊花名。

26

梦萦西藏

梦萦西藏

雅鲁藏布江

像500多公里长的巨龙

奔腾在海拔3000多米的雪域高原上

江水在蓝天、白云和雪山的掩映下

在大峡谷里汹涌澎湃

如天河倒泻

余音悠长

梦萦西藏

尼洋湖和卡定沟绮丽的风光

湖水、草地、雪山、白云和蓝天

由近及远又错落有致地映入眼帘

天佛瀑布带着美好的传说

从 2000 米高空飞流而下一落千丈

水帘下藏文的六字真言

叩击心房

梦萦西藏

巴松错湖迷人的景象

红教的神湖圣地

多少信徒终生的向往

湖水似翡翠般晶莹剔透

静静地围绕着满目苍翠的山梁

像一个出浴的少女

依偎在母亲的胸膛

梦萦西藏

布达拉宫的壮丽辉煌

这座藏式中华民族建筑精髓之作

原是藏王松赞干布和大唐文成公主的新房

从十七世纪五世达赖喇嘛修建后

成为历代达赖喇嘛的驻锡地并握着政教合一的权杖

它的装扮带有西域的浪漫神奇

面颊上更有王者的尊严和风尚

远处的雪山带来了朦胧之美

拉萨河像母亲的乳汁在身边流淌

酥油灯洒下的佛光穿越尘世

藏民虔诚的诵经声荡气回肠

梦萦西藏

大昭寺的金瓦红墙

这座举世闻名的藏传佛教寺院

已穿越 1300 年的历史长廊

藏式和中原建筑的基调

也融进了尼泊尔民族的古老与沧桑

藏民们匍匐在地虔诚地叩拜

灵魂的呐喊直抵天堂

在风中不停翻滚的经幡

拂去尘世间多少无知和迷惘

听不到一点噪音

只有头颅敲击石板的脆响

越过大地和山川

传向远方

梦萦西藏

羊卓雍错湖的举世无双

像一颗璀璨而硕大的明珠

镶嵌在青藏高原上

又像一条绚丽的绿纱带

在仙女胸前飘荡

梦幻般的美

让瞥见你的第一刻就热泪盈眶

你的纯净与妩媚

融入了多少天涯游子思乡的泪行

梦萦西藏

扎什伦布寺门前的徜徉

作为历代班禅的驻锡地

同样是游人如织的地方

金顶红墙的高大建筑群宏伟壮观

昭示着班禅曾经的荣光

五色的经幡

伴着虔诚的灵魂在风中摇荡

梦萦西藏

纳木错湖的风光

像仙女落入凡间的宝镜

在唐古拉山与草原之间镶嵌

如果唐古拉山和纳木错湖是一对相濡以沫的夫妻

草原就是孕育的温床

纳木错像一个缠绵的妻子

唐古拉山则用自己的身躯为她挡住风霜

任凭气候多变

她波澜不惊一如寻常

梦萦西藏

神圣的地方

希望有一天

对着那山、那雪、那湖、那牛、那羊

我也能抛却凡尘和杂念

虔诚地匍匐在你的土地上

初见平遥

不平凡的平遥

诞生于周朝

记录 2700 年的风雨烟云

难掩明清时期县城的完整风貌

1997 年列入世界文化遗产名录

2015 年成为国家 5A 级旅游景点的又一个地标

展示了一幅非同寻常的文化、社会、经济及宗教发展的完
　整画卷

平遥人、晋中人、山西人和中国人的骄傲

平遥县衙

布局对称巧妙

主从有序

错落有致

公生明、廉生威

既是百姓的期望也是政府的符号

日昇昌票号

中国民族银行业发展的先兆

分号遍布全国 30 余座城市

远及欧美及东南亚各国

早早迈开"汇通天下"的步伐

一度成为 19 世纪清王朝的经济命脉和主导

山西最早祭祀孔子的地方

文庙

始建于唐贞观初年

足显其历史的久远与古老

大成殿的恢弘

曾引领县域建筑的风骚

清虚观

始建于唐显庆二年

三清殿匾额依然高悬

偶像却已不见

名号几经变换

折射了封建王朝的风雨飘摇

平遥城墙
历史更早
垛口墙高 2 米
设置垛口 3000，敌楼 72 座碉堡
角楼巍峨耸立
辉映魁星楼和文昌阁的夕照

平遥另一景观
古城门六道
南门龟头北门龟尾
东西四门为龟之足翘
"龟城"之谓
足显文化寓意的奇妙

平遥古城民俗和神话
跑旱船　踩高跷
舞龙灯　节节高
城隍爷　火烧城隍庙
……
古老的平遥
难忘的平遥

叠彩的水　朦胧的山

——桂林两江四湖游

叠彩的水

朦胧的山

云雾中的景

梦幻中的仙

看不见桃花江哪里有桃花

只见漓江满江的帆

榕湖岸边奇特的榕

杉湖岸边几多的杉

桂湖闻花香

木龙湖水连着天

补杉楼影无觅处

杉湖十子住人间

山水诗碑前留倩影

榕溪桥头拜祖先

自然足已美

科技更添炫

叠彩的水

朦胧的山

十访美欧，背后有一个强大的祖国

28 年前加航一架航班

在加拿大多伦多机场降落

随之着陆的

是我的不安和忐忑

学术论文怎么讲

饭桌前怎么坐

什么场合给老外送礼品

对外国人的非礼说不说

顾虑重重

担心多多

为了省点钱

不坐公交车

去逛最廉价的商店和农贸市场
买最便宜的肉食和水果

1996 年访问 MIT
我的第二次出国
去纽约时代广场观光
第一次看到了中国企业广告在霓虹灯下闪烁
大都会博物馆中国馆的展品琳琅满目
揭示了殖民主义对中华文明的掠夺
华盛顿纪念碑下睡着的无家可归的流浪汉
昭示着繁华下人情的凉薄
洛杉矶迪士尼乐园尽显人类的活力和创意
终不敌大瀑布和大峡谷自然的壮阔
赞叹纽约的高楼大厦直冲云霄
更佩服哈佛和 MIT 全球领先的学术成果的丰硕

2000 年再次访问 MIT
我的第三次北美之旅和出国
多了些从容
少了一些焦灼
开始坐公交车
也买合适的服装和水果
外国年轻的学者开始学汉语
自己也敢在研讨会上介绍中国教育的特色
学术交流中开始介绍中国的发展
而不是从前那样受冷落

和电话公司讨价还价
对他们欺瞒客户的行为进行指责
多了一些据理力争
少了一些无原则的附和

2004 年访问 HEC
我的首次欧洲之旅和第四次出国
赞叹卢浮宫和凡尔赛宫的恢宏大气
惊讶圣·彼得大教堂的巍峨
但已不觉得商城有什么繁华
更不羡慕他们开的小汽车
因为自己的收入可以和外国教授媲美
上下班自己开着通用的别克
为了尊严和法国的秘书据理力争
而不是像以前一样委屈和龃龉
与外籍教授合作讲授一门课程
在双赢的合作中成了平等的角色
和法国教授分享教学经验和体会
也展示中华文明的智慧与幽默

2008 年访问迈阿密
我的第五次出国
在顶尖的学术会议上发言
也寻求与国外教授研究上的合作
去纽黑文看望女儿
她已经开始了耶鲁大学博士阶段的学习生活

它体现着国家的强盛
也昭示我们的教育水平受到了国际认可
自己这一代当年出国似乎是一种荣耀
女儿这一代只是在正常交流中实现自我
高档货架上有了越来越多的中国制造
名牌服装和五星饭店里常见国人在穿梭
……

2019 年来费城
我的第十次出国
假期最轻松的一次旅行
也是女儿事业和生活上一次重要的转折
经过激烈的角逐
她开始了在宾夕法尼亚大学的教职工作
这在我们一代还是一种奢望
而她们开始瞄准世界学术研究前沿的探索
自豪地到国际论坛上发表主旨演讲
也有了宽敞舒适的住所
所有这一切能够发生
是因为背后有一个强大的祖国

第二辑

语言的奥妙

语言的奥妙

语言

如此简单

出生几个月的婴儿

可以在妈妈的怀抱中发出

爱的呢喃

语言

又是如此不凡

政治和宗教领袖

仅仅通过几次激情的讲演

可以颠覆也许曾经不可一世的王权

语言

可以如此细腻

几句和风细雨

可以让爱的泪花充盈恋人的双眼

语言

也可以如此粗鄙

几句恼人的话语

可以让对方举起愤怒的双拳

语言

可以如此简练

三个字

表达一生的眷恋

语言

也可能如此赘繁

一卷书

无法表达一个完整的概念

语言

可以是一粒良的种子

在人的心中
播下终生的善

语言
也可能是一粒坏的胚胎
激活深埋在灵魂深处的恶
行一辈子的骗

语言
可能让人真假难辨
一句话可能是真情的告白
也可能是卑鄙的欺瞒

语言
也是一把双刃剑
可以传播爱与和平的福音
也可以带来不幸和灾难

纯洁自己的语言
就是捍卫自己的尊严
亵渎我们的语言
就是毁灭民族的家园

净化网络脏乱差的语言

刻不容缓

净化朋友圈无聊沮丧的语言

刻不容缓

净化官场假大空的语言

刻不容缓

净化学术界是非不辨的语言

刻不容缓

语言

不可不鉴

要像爱护我们的眼睛一样

擦净我们心灵的窗口——每天的语言

血色的落樱

不止一次

看过武大校园的樱花

晨曦初起

分不清哪里是花

哪片是云霞

夕照

姹紫嫣红

衬托珞珈的妩媚与风雅

而今亲吻大地的

血色的落樱

一定是那些曾经鲜活的生命

灵魂绽放的奇葩

检 验

检验财富的

是收藏和房产

检验诚实的

是语言

检验耐力的

是时间

检验爱情的

是红颜

检验真理的

是实践

检验良知的

是灾难

唯一的期望

透过玻璃窗

我看到了草坪中央的游乐场

孩子们戴着口罩蹦蹦跳跳

像欢快的小鸟一样

大人们的脸上

也涂上了久违的光亮

我突然意识到

现在唯一的期望

就是在美国的女儿

平安无恙

归来

挽着我的肩膀

踏着住宅楼下的小路

享受绿荫、草地和阳光

不可思议

天下的事
常常令人不可思议

早些年
北京一刮风
人们就骂鬼天气

近几年
北京一刮风
人们就说老天真给力

不是过去的风暴虐

也不是现在的风和煦

只是因为斜刺里杀出了一个未料之"敌"

雾霾

原来不是自然就有的

它是人类贪欲和工业文明孪生的兄弟

滑　稽

"先生：请帮我们办理离婚手续"

"请问，你们为什么要离？"

"我们的夫妻感情已经破裂

我没有继续一起生活的勇气"

"你们是自由恋爱吗"

"是的"

"既然相亲相爱，怎么想要分手"

"可现在不爱了，那是过去"

"是吗？女方"

"那是男方的想法

不是我的

是他对感情不忠的狡辩

而我

即使死也要与他在一起"

"你们的感情没有破裂

因为女方还爱着你

感情破裂只是你的错觉

所以你们没有离婚的依据"

"你是说

你比我更知道自己

也许

这是天下最大的滑稽"

越来越多的节日和
越来越早的问候

仅在春节拜年的问候

后来延伸到圣诞节

再后来是情人节和七夕

后来的后来是端午节和中秋节

再后来的后来是劳动节和国庆节

再再后来是儿童节和妇女节

再再后来的后来是父亲节和母亲节

再再再后来是教师节和医师节

节日越来越多

问候越来越早

尤其是春节

原来是在初一

后来是在除夕

再后来是在年三十的下午

再再后来是在年三十的凌晨

现在甚至提前到了春节的前几天

问候的人关注的不是问候

而是希望别人记住自己的表现

越来越多的节日很像形形色色的饮料

稀释了人们专注的情感

提前问候的人

忽略了你追我赶的时间

要到达的彼岸

不是会堂而是墓园

故乡与他乡

故乡

人们似乎都很神往

说到动情处

往往满眼的泪光

会想起家乡的小河

和草地的牛羊

乃至村头的老榆树

还有房子的土坯墙

当年鄙视和尽力想要摆脱的东西

都成了魂牵梦绕的对象

他乡

人们似乎很惆怅

说到伤心事

一脸的悲凉

嘈杂拥挤的街道

商场里人流的熙熙攘攘

醉生梦死的酒吧

老死不相往来的街坊

当年羡慕和追求的生活

倒成了弃之而后快的糟糠

令人不解的是

大都市的人口年复一年的膨胀

人们热恋的故乡

却日渐荒凉

每到节假日

故乡的村口闪烁的是留守儿童眺望的目光

而挤进他乡的人流

仍然是故乡人的向往

世界上的事情

常常让人费思量

有些东西拥有时

却会常常将它遗忘

一旦永久失去了

又想将它珍藏

很难得到的东西

常常热切地向往

一旦得到了

又想放弃

我常常怀疑

这是不是人性的又一种荒唐

长与短

对与错

黑与白

人们不愿分辨

大与小

长与短

却常常敏感

白色花的花语

——赞白衣天使

看到茉莉

想起了穿白衣的你

你用你的坚贞

传递人间大爱和友谊

看到栀子花

想起了穿白衣的你

你用你的坚强和担当

守候一生的誓语

看到水仙花

想起了穿白衣的你

你用你无悔的青春

对人间病痛展示抚慰和清逸

看到百合花

想起了穿白衣的你

你用你的大气和温婉

送给患者人格的尊严和安慰

看到白掌花

想起了穿白衣的你

你用你的安静和平和

消除人们的焦虑和恐惧

看到雪滴花

想起了穿白衣的你

你用你勇往直前的精神

点燃绝望中的希冀

看到白玉兰花

想起了穿白衣的你

你的惊艳和绚烂

留下的芳香难以言喻

看到天空飘落的雪花
想起了穿白衣的你
你的奉献和牺牲
把爱和深情融入了大地

那就是你

如果一月的哪一天
在五指山
看到了盛开的三角梅
我知道
那就是你

如果二月的哪一天
在重庆的歌乐山麓
看到了盛开的山茶花
我知道
那就是你

如果三月的哪一天

在上海豫园

看到了盛开的白玉兰花

我知道

那就是你

如果四月的哪一天

在泉城济南的大明湖畔

看到了盛开的荷花

我知道

那就是你

如果五月的哪一天

在天津滨海公园

看到了盛开的月季

我知道

那就是你

如果六月的哪一天

在南京的雨花台

看到了盛开的茉莉花

我知道

那就是你

如果七月的哪一天
在河南的黄河两岸
看到了盛开的栀子花
我知道
那就是你

如果八月的哪一天
在广西的百里画廊
看到了盛开的桂花
我知道
那就是你

如果九月的哪一天
在太原的汾河两岸
看到了盛开的菊花
我知道
那就是你

如果十月的哪一天
在西安大唐的芙蓉园里
看到了盛开的芙蓉花

我知道

那就是你

如果十一月的哪一天

在福建的武夷山

看到了盛开的水仙花

我知道

那就是你

如果十二月的哪一天

在北京的香山下

看到了盛开的梅花

我知道

那就是你

有书为伴

我有一个很大的缺点

不爱交际和寒暄

很多人觉得

我很孤单

其实

事物还有另一面

比如怎样度过寂寞的日子

对很多人都是一个考验

而于我

却不然

没有焦躁的等待

也无孤独的烦

像往常一样

书架就是乐园

咬文嚼字

欣赏《资治通鉴》

在唐诗宋词中

穿越历史云烟

感叹华夏五千载的白云悠悠

思考神州今天的奋争和脱贫鏖战

若秦观转世

怎样续写另一首鹊桥仙

不敢妄谈爱因斯坦的相对论

却遗憾牛顿的惯性定律有了社会学的翻版

梦里问东坡

今昔是何年

……

我不怕孤独

因为有书为伴

垂　柳

在园子周围的几个树种里

垂柳一直活得"窈窕"

春来时

绿的最早

秋风瑟瑟

又最晚脱掉衣袍

风起时

扬起妩媚的枝条

顺着风摇摆

谦卑地微笑

关键的是

它们一直弯着腰

诗里有光

您相信吗

诗里有光

不仅照亮前行的道路

也照亮您的健康

她有铁石的坚强

也有侠女的柔肠

无论春夏秋冬

还是寒来暑往

总有珍贵的礼品

把希望和祝福送上

诗映像

有些诗人

外表很棒

却因为糟糕的诗

留下了龌龊的形象

有些诗人

容貌平常

却因为诗文有光

把自己和别人照亮

初恋·婚姻·爱情

初恋
一脸茫然
对哪无知
错也不见

婚姻
争论无端
语出伤人
是非不辨

爱情
夜半风旋
来时少告
去也无言

空间与时间

世界上只有两样东西多至无限

空间与时间

一个可以无限拓展

一个可以无限绵延

但两者的命运

却迥然有变

空间往往成为争夺的对象

也成为权力大小的标签

鸿篇巨制

占有者常常被扣上美丽的光环

从凯撒大帝到彼得大帝

从秦皇汉武到成吉思汗

为了院子的边界

邻居常常反目成仇

为了疆域的扩大

引发了两次世界大战

邻里多让一寸土地

会成为美谈

国家少争一片荒丘

也是统治者无能的体现

但时间却不然

常常被人们冷淡

百姓大把浪费

权贵何曾顾盼

鼓乐琴声

何曾有时间的夸赞

从街头浪人到纨绔子弟

从啃老一族到疯狂的网恋

少年不曾努力

老年空留伤悲的感叹

空间常常诱发贪欲

时间才是智者的眷念

她对所有人平等

也不谄媚强权

平民每天有自己的日出

帝王也都有黄昏的哀怨

历史从时间开始

也是生命的源泉

不抢空间

免生祸端

珍惜时间

风光无限

浮躁与玄虚

一些不负责任的政客

往往不顾当地和民生的实际

喊空洞乏味的口号

骗人又骗己

想借广场上几束漂亮的花

彰显城市管理的业绩

有时不惜在数字上造假

掩盖环境的恶化和抬高 GDP

这像道貌岸然的伪学者

常常炫耀自己曾经如何如何的履历

又受过多少领导的接见

拉大旗作虎皮

没有求索的精神和信仰

也没有严谨的论证和逻辑

说什么写什么

随心所欲

这也像一些素养欠缺的女演员

不是专心提高自己的实力

而是花枝招展地打扮

用高跟鞋把自己垫起

想用粘上的睫毛

装扮自己的华丽

再记住一些名人的字画

掩饰内心的空寂

又像蹩脚的诗人

随便写下一些凌乱的语句

没有意境

也没有韵律

若是有人稍有微词

他们会说那是因为读诗的人不懂诗人的话语

这是不是文人的浮躁

别样的玄虚

第三辑

中秋的猜想

中秋的猜想

我在猜想

没有中秋
四季怎么样

没有月亮
中秋怎么样

没有诗人
月亮怎么样

偶　然

没有想象
诗人怎么样

没有灵魂
想象怎么样

世界怎么样

端午的联想

端午的联想

自然是汨罗江

非因它宽阔或湍急

而因它是屈原自尽的地方

屈原自尽的地方

留下了天峻英才多少惆怅

这非因他个人的不幸

而因他焦虑祖国的荣辱与富强

祖国的荣辱与富强

偶 然

诗人一生的追求与梦想

这并非他个人的宿命

而因爱国是爱国者不朽的荣光

爱国者不朽的荣光

穿越天空和海洋

留下摄人心魄的《离骚》和《天问》

还有《九歌》和《九章》

《九歌》和《九章》

中国诗歌史上的辉煌

风骚一路

万古流芳

教师节感怀

——与同仁共勉

无论誉我园丁

还是先生

无论歌颂我是春蚕

还是塔灯

我都有一点自知

还有一点清醒

无论笑我单纯

还是痴情

无论骂我傻帽

偶　然

还是无能

我都有一点不屑

还有一点冷静

昏黑的时候

我希望我是灯

燥热的季节

我希望我是冰

落雨的日子

我希望我是篷

雾霾的天气

我希望我是风

彷徨的岁月

保持我的坚定

浮躁的日子

守护我的安宁

人云亦云的时候

见证我的理性

庆功宴上

看到我转身的背影

生日的畅想

偏偏没想到皇朝太傅的权杖

和一品大员的荣光

也没想到国学和艺术大师们享受的声誉

还有科学巨匠胸前的徽章

却奇怪地想到了行动不便者拄着的手拐

唤起人们注意安全的自行车的铃铛

雨季来临时撑起的雨伞

楼宇上开风透气的门窗

客厅里有忙有闲的折叠椅

健身器上抗拉又抗压的弹簧

筷子默默无言的奉献

还有学子们求知的欲望和目光

由此我突然明白自己的生日：9 月 10 日

为什么竟和教师节日子一样

因为这一天

——三·八节感怀

因为这一天
想到了母亲的伟大与不凡
我们的降生
她们的苦难

因为这一天
想到了那一年
少小的岁月
和她夕夕相伴的幼儿园

因为这一天
想到了中学时期与她的初见
将秘密深藏心底
青涩和错过的爱恋

因为这一天
想到了大学时代的浪漫
梧桐树下的偎依
图书馆里的争论和相伴

因为这一天
想到了婚后的期盼
磕磕绊绊的日子
苦乐相间的流年

因为这一天
想到了大地和山川
除了这一半
还有那一半

过年（一）

礼花映红了天
又是过大年
时光同样的轮回
期盼却在改变

少年时的期盼
物质上的贪恋
穿一身新衣服
吃丰盛的年夜饭
和邻居打扑克
炫耀自己的手电

青年时的期盼

爱情上的美满

找一个合适的对象

卿卿我我的相伴

电影院里偎依着相约

下一个不见不散

中年时的期盼

事业上顺风扬帆

受领导青睐和重视

同事们啧啧称赞

职务和收入不断攀升

能力和气魄卓尔不凡

老年时的期盼

儿孙满堂身体康健

不受疾病困扰

没有工作的羁绊

享受无怨无忧的岁月

不负曾经的似水流年

过年（二）

过年

不只是简单地重复特定的哪一天

更不是墙壁上的老挂钟

在无聊和被动中消磨时间

而是通过思索和反省

告别平凡和苦难

也是向榜样和先哲学习

听从灵魂深处的呐喊

向新的目标起航

让生命之花开得更绚烂

偶 然

我也想许个愿

抛却平庸和短见

还有诗和远方

对我召唤

过年（三）

过年
每个人有每个人的顾盼
我没有别的去处
幸好有她为伴
置之一边
不会报我冷眼
抱在怀中
沁人心脾的温暖
她不纠结过往
也不向我索要红包和压岁钱
不需相约
想见就见
伊人在侧
诗歌——我的爱恋

感悟战略

毋庸置疑

战略的含义

难以把握

也有点玄虚

它近在咫尺

又远在天极

"它是尽人应该学

却又不是尽人皆可学的东西"①

它不是有形的大刀和长矛

而有点像空气

看不见摸不着

却从来没有远离

若要扬帆远航

它是昭示理想的火炬

危机四伏的时候

它是转危为安的期冀

资源和条件受限的日子

它关注重点和全局

它虽不是真金和白银

却是形而上的软实力

它是灵性闪现

也受环境孕育

它是开悟的瞬间

也是文化的沉积

它既是胆识和远见

又是知识和能力的积蓄

它是协调和平衡的艺术

也是博弈和选择的工具

它有演化的逻辑和规律

但应变和灵动才是真谛

它带你走出囚徒和零和博弈的困境

共享联盟和生态均衡的收益

助你坚强似钢

也温润如玉

它让你领略彩虹

也带你穿越风和雨

它闪烁理性的光芒

也是实践孪生的兄弟

伴君一路

写下人生和事业优美的诗句

注：①这里化用了梁漱溟先生关于哲学的评论。

第 四 辑

期许与祝愿

期许与祝愿

——在女儿女婿婚礼上的致辞

在 2003 年的金秋

不止北京四中百年的荣光

和清华附中厚德载物的风尚

还有协和博精和奉献的理念

一起融入了清华生生不息的自强

在青葱的岁月里

不止品尝西门之酒的醇香

观赏荷塘月光如银的流淌

还有情人坡互相安慰的细语

和图书馆内未来的畅想

在校园四季轮回的风光中
不止留下春天紫荆花开的芬芳
和晚秋银杏飘落的金黄
还有盛夏梧桐树下依偎的双肩
和踏雪赏梅的冬日里收获的欢畅

在海外求学和生活的日子
不止仰视帝国大厦和埃菲尔铁塔的辉煌
留恋夏威夷和墨西哥湾的渔歌唱响
还有耶鲁的校训：对真理和光明的向往
和麻省理工手脑并用、创造世界的力量

在紫禁城畔这庄严和幸福的时刻
不止忘记曾经有过的困惑和忧伤
开始事业和人生新的起航
还要让家庭的温馨和爱的甜美
在婚姻岁月的长河中激荡

65 岁我不再向往

25 岁时我曾向往

自己若是 15 岁多好

无忧无虑的日子

没有担心也不需要思想

老师眼中的好学生

乡村小伙伴羡慕的对象

35 岁时我曾向往

自己若是 25 岁多好

重新安排自己的生活

调整学术研究的方向

也学点琴棋书画
生活浪漫而不牵强

45 岁时我曾向往
自己若是 35 岁多好
思维敏捷
身心健康
不知道身患疾病的痛苦
也没有事业挫折的迷茫

55 岁时我曾向往
自己要是 45 岁多好
事业有了挫折后的收获
两鬓还没有染霜
没有了年轻气盛的轻狂
多了些成熟与坚强

65 岁我不再向往
自己若是 55 岁多好
时光不会倒流
每座山都有自己的风光
享受当下
山高水长

精神的寄托

听我说说

什么是我想要的生活

不止外界施予的荣誉

也不止银行卡里数字的增多

不止花前月下的漫步

也不止亲朋好友聚守的欢乐

她是我灵魂的自白

是一首首真情和天性凝成的诗作

她才是我童年的憧憬

精神的寄托

午后时光

午后时光
少年的彷徨
忙着成堆的作业
焦虑人生的方向
与父母争辩
谁才是我的榜样

午后时光
青年的畅想
去做富商大贾
还是科学巨匠

百业待兴

舍我谁是栋梁

午后时光

中年的愿望

职级再高点

收入再长长

风干了浪漫

多了些担当

午后时光

退休人的画廊

端一杯清茶

藤椅上低吟浅唱

笑谈天下大事

感慨人世沧桑

午后时光

未来的向往

晚年康健

儿女们吉祥

不负一生

曾经的苦难与辉煌

我有一个理想

我有一个理想

我们的地球和平安祥

没有战争和瘟疫

没有灾难和饥荒

远离喧嚣和杀戮

平静的天空和海洋

我有一个理想

我们的国家繁荣富强

没有分裂和暴力

没有地痞和强梁

远离雾霾和恐惧

绿水青山中掩映着城市和村庄

我有一个理想

工作的机构明净宽敞

没有猜疑和嫉妒

没有陷害和中伤

远离性骚扰和马屁精

友好和真诚是每个人的向往

我有一个理想

塑造理性和善良

没有自卑和怯懦

没有自大和轻狂

远离愚昧和偏见

活出智慧与担当

母 亲

18 年前母亲离去

留下了永恒的往昔

她活着的时候

我很少想起她的点点滴滴

直到她去世的那一天

才突然感到自己只有被掏空的躯体

已然像一棵被拔出的草

失去了根基

也许是她生前自己没有尽到孝

竟在悔恨的梦中常常回忆……

她从来不吃中秋节自己的那块月饼

而是在我哭闹调皮时拿出来为我充饥

初中到邻村的学校读书

她总是把中午的饭盒装得满满的

高中时每个周一返校的凌晨

她都站在墙头目送渐行渐远的我

夏季里怕蚊子叮咬我

她故意从被子里伸出自己的手臂

每个外出或离别的日子

她都掰着手指默默计算我的归期……

她从来没有要求子女为她做点什么

却在默默的付出中耗尽了毕生的心血和精力

她用平凡诠释了伟大

还有奉献大于索取这一比例的真谛和意义

现在自己只有一个愿望

她老人家在天堂安息

父　亲

与母亲的和蔼慈祥相比

父亲生前给我留下的印象——刻板而严厉

我们交谈中常常争吵

都觉得对方的观点难以理喻

直到他老人家离世多年

我才知道他作为我的老师的意义

悔恨当年的轻率和无知

理解了他的良苦用心和常常的沉默无语

他在家里跟我说"书中自有黄金屋，书中自有颜如玉"

的年代
学校老师说"那是资产阶级的糖衣"
他说"百善孝为先"
这是咱们做人的道理

如今过了花甲的年纪
也有了更多的反思和谦虚
正是因为忽视了父亲的告诫
后来的人生之路才那么崎岖

尽管现代的书中少了黄金屋和颜如玉
但读书对人的影响又怎能小觑
看看现在的啃老族和不尽赡养义务的儿孙
先哲们的在天之灵怎么会不叹息

无意说父亲的告诫都是真理
无意说要放弃理性与分析

只想说不要过高估计了自己
很多时候中庸和妥协才是生活的真谛

也 许

也许有一天

你头上戴着马云一样的光环

在哈佛大学的讲坛上

发表激动人心的讲演

是否会记得

我们讨论过墓志铭上应该留下历史怎样的评判

也许有一天

你的公司会像华为一样灿烂

在市场瞬息万变的搏击中

展示骄人的不凡的业绩

是否会记得

我们曾有过仰望星空和脚踏实地的思辨

也许有一天
你的名字像马化腾一般耀眼
在速度和流量制胜的时代
首先登上了万物互联的航船
是否会记得
我们剖析过那个名不见经传的"烧饭饭"

也许有一天
当很多官员和老板迷失于对金钱和美色的贪恋
而你却仍然在事业的坦途上
挥洒人生无限风光
是否会记得
我们曾吟诵"靡不有初，鲜克有终"的箴言

总会有一天
我们会坐在摇椅上感叹
曾经青葱和搏击过的岁月
迷惑过也辉煌过的似水流年
是否会记得
在那个紫荆花开的季节
我们相逢在清华——精神的家园

思 念

翻开照片

记忆回到了从前

你的笑容那样的灿烂

那是相聚时每一秒的时间

而今明明分开

只有几天

却又感觉

那么遥远

而几十年前的生活片段

那么遥远

却又感觉

仿佛就在昨天

重聚的时光

孕育了物是人非的伤感

曾经的调皮

成了回忆中的浪漫

我怀疑自己

是不是患有梦魇

字典里的诠释

有一种梦魇叫思念

何曾忘记

当我漫步在清华园里
尽情享受她绮丽的风光和荣誉
何曾忘记
当年乡间泥泞的土路上我们留下的足迹
于是我知道
儿时的梦想点燃了理想的火炬

当深秋我跑过学堂路的路基
看金黄的银杏叶洒落这片非凡的土地
何曾忘记
六家子中学主干路上春日里纷飞的柳絮

于是我知道

秋天的果实来自春天的孕育

当我静静地靠着自清亭前的长椅

欣赏荷塘月色的美丽

何曾忘记

敲打八二班教室毛玻璃上的雨滴

于是我知道

塞北的风可以吹起清华荷塘的涟漪

当我迈上灯火辉煌的主楼报告厅的台阶

听同学们的掌声响起

何曾忘记

当年中学老师的笑貌音容和鼓励

于是我知道

美好乐章的前奏常常是动听的序曲

当我每年参加教师节的典礼

倾听博士和硕士生祝福和赞扬的话语

何曾忘记

中学时代积累的点点滴滴

于是我知道

汇成江河的是奔向大海的涓涓小溪

当我们伴着岁月的流逝逐渐老去

我会常常提醒自己

不会忘记

赴下次和来生的相聚

于是我知道

同窗情师生谊是上帝慷慨的赐予

同　窗

四十二年过去
我们仍然惺惺相惜
可否记得六家子中学的土炕
还有煤油灯影里写下的日记

三年同窗虽然只是短暂的相逢
但却留下了青春永恒的回忆
无论今天你平凡还是伟大
你还是我眼中同窗的你

告别索契

告别索契

想起了你

走进机场的出发大厅

看到你扬起的小旗

每当遇上困难和需要帮助的时候

身边总会出现那件绿色的羽绒衣

告别索契

想起了你

你以九十岁的高龄和健康的体魄

讴歌晚霞的瑰丽

晚会上一曲高歌

礼赞了生命的意义

告别索契

想起了你

你让出了自己还舍不得吃的东西

却轻轻地说声没关系

人们常常会去锦上添花

你诠释了雪中送炭的真谛

告别索契

想起了你

两位辛勤的园丁

从事着艰苦和基础的教育

却用无私的奉献和付出

托起了特级教师的荣誉

告别索契

想起了你

生活中叽叽喳喳的小女孩

十三团出色的女翻译

在团友摔伤住院的日子

你献上无微不至的关怀和鼓励

告别索契

想起了你

十月疗养院的服务生

我们心中的"小阿姨"

你们用热忱和微笑

孕育和传递着中俄人民的友谊

告别索契

想起了你

那位不平凡的大姐

还有几对相濡以沫的夫妻

相册中互相搀扶留下的背影

还有记忆中团友优美的诗句

告别索契

想起了你

俄罗斯人民骄傲的儿子

尼·奥斯特洛夫斯基

你以非凡的人生向我们昭示

"钢铁是怎样炼成的"

搬　家

搬进新居

想起了你

六十四年前小学校那间土垒屋

成为了自己的诞生地

房前学校的小操场和屋后的菜园

留下了童年欢乐和蹦蹦跳跳的记忆

冬日里坐在草垛上

和小伙伴闹闹嬉戏

搬进新居

偶 然

想起了你

三家子村中央的四间土垒房

曾留下全家人不堪回首的往昔

哥哥在那里重病和去世的日子

妈妈撕心裂肺的哭喊震人心脾

我也唯一一次看到了爸爸脸颊上长流的泪滴

那以后健康成了妈妈对我仅有的期许

搬进新居

想起了你

妻子远亲大姑家的屋子

大学毕业后考研前半年多的暂居地

自己临时的借住地

加剧了他们一家三代本来的狭窄和拥挤

他们全家人的慷慨和热情相待

筑起我人生路上的又一个台阶

搬进新居

想起了你

海滨小城迎山路旁的四居室住宅

我女儿出生在那里

后来她骄傲地对小伙伴说

126

她是在海水里泡大的

爷爷和奶奶的照料和陪伴

是她内心永恒的甜蜜的回忆

搬进新居

想起了你

导师家里三楼的一间屋

再次成为我的借居地

老人家的大度和无私相助

让我抓住了做博士后的契机

我的事业和家庭从那里又一次起航

师母周日为自己放了一个鸡腿的面条

香飘四季

搬进新居

想起了你

北京西王庄小区一室一厅的屋子

一家五口三代人生活在一起

爸爸妈妈只能睡在搭拼起来的床上

生活除了拥挤还是拥挤

内心的充实和饱满

仅仅因为我们在拮据下尽了孝

搬进新居

想起了你

清华园西十五层两室一厅的房子

建筑面积 52 平方米

那天晚上望着妈妈去世留下的空床

我失声痛哭泪落如雨

忙碌中疏于对妈妈的治疗和照顾

留下了子欲孝而亲不待的遗憾和空虚

搬进新居

想起了你

2001 年后 89 平方米的房子

北京蓝旗营一处普通的楼宇

尽管不是富丽堂皇的样子

普通的小区却大师云集

通向校园的路径

留下了一家三口求学和奋斗的足迹

这次新居

位于双清苑小区

智能化的电器和管理

让人更加舒适和惬意

折射出中国人的居住条件的变化

翻天覆地

我们生活在 5G 时代

祖国温暖的怀抱里

天 真

成熟

并不是复杂

更不是为了走向复杂

而是为了抵达天真

天真的人

并不是简单

更不是无视周围的黑暗

正是因为看到了黑暗

才珍惜无邪的天真

阳光一般的灿烂

如果可能

我也愿意

天真一生

无悔无倦

窗外的雨

窗外的雨

淅淅沥沥

敲打着房檐

敲打着玻璃

敲打着地下的泥土

也敲打着我的思绪

记起儿时的雨

下的轻松和调皮

溅上满身的泥巴

跑进家门时气喘吁吁

在妈妈的呵护和责备下

走过无忧无虑的雨季

记起青年时的雨

下得缠绵和无序

时而拖得很长很长

时而惊雷乍起

闯荡的日子常常苦乐相间

有悲也有喜

记起中年时的雨

下得惊天动地

不是山洪暴发

就是水漫江堤

耳边的大雨滂沱

记录下了日渐成熟后的焦虑

如今老年的雨

下得无声无息

无关风花雪月

功名利禄的诱惑也都成为过去

不听风不听雨

放下即是安逸

不 甘

有了诗

就有远方和春天

有了智慧和洞见

挫折和灰心必定只是一种短暂

人生未必尽如人意

但别留下太多的不甘

磕磕绊绊的日子

还有诗词与我们相伴

出污泥而不染

也是先贤们对后辈学人的期盼

酒正酣

志不减

铁肩担道义

要做好儿男

我更喜欢夜晚满天的繁星

虽然

老家的灯

没有北京的耀眼和光明

粗陋的餐桌上

没有牛排、海参和鲍鱼羹

简易的书包里

没有电脑和 iPad 的身形

俯首看到的

也不是照相机和手机的屏

但是

在这里的煤油灯下

我接受了最早的教育和启蒙

简简单单的布衣粗饭里

凝聚着妈妈的心血和无数次的叮咛

小小的铅笔和笔记本

记录下了童年的求索和心声

单纯而天真的心扉上

还有中学时代她留下的倩影

曾经

我羡慕和仰视

都市里高耸入云的电视塔顶

商品上刻意标注的外国名

街道上川流不息的人和车

夏日里公园万紫千红的风景

展览馆里东西方文明交融的雕塑

巨型广告牌上明星们千姿百态的造型

还有大街上闪烁的霓虹灯

而今

我更想讴歌

麦穗因饱满而向大地低下头的谦卑和丰盈

被压弯了的果树枝上的苹果和甜橙

河流和树林里鱼儿和鸟儿的追逐与嬉戏

田野里山花和小草顽强的生命

餐桌上自然和纯净的米香

天空的蔚蓝和家园的恬静

还有夜晚满天的繁星

诗人的足迹

——从诗集《下午茶》想到的

我多想待在春日的小屋

借着清晨透过的一小块阳光

怀着一颗不逊之心

凝神思考人间小人物乃至帝王喧哗和暴怒的真相

我多想像以前在午后和父亲

品着下午茶

听他讲听来的故事

流浪儿的愿望和寇白门的悲伤

偶　然

我多想在宁静的夏夜

望着浮桥上的月亮

揽一束菩萨的星光

呼唤灵魂和身体又一次交融的远航

我多想在远方的黄昏

踏着湖心亭的雪

背诵仓央嘉措的诗

也接受当下的浮世绘：冷暖与悲凉

我多想登上群峰之巅

赎回错过的我

听着帕格尼尼的琴音

去追寻诗人的足迹和梦想

第五辑

因为爱情

因为爱情

因为爱情

人们眼里夜空中最亮的

是牛郎织女星

最惨痛的离别

是马嵬坡前唐明皇的悲鸣

最婉约凄美的词牌

是陆游和唐婉留下的千古绝唱《钗头凤》

最浪漫的联想

是梁山伯与祝英台墓前的蝶影

因为爱情

爱德华八世主动逊位

砸碎了世俗的天平

泰坦尼克号沉没时杰克把生的机会留给露丝

讴歌了爱的神圣

爱斯梅哈尔达与撞钟人抱在一起的尸体

演绎了不朽的生命

《女驸马》的故事家喻户晓

净化人的心灵

因为爱情

站在伦敦滑铁卢的桥头

耳边会有马拉魂断蓝桥的哭声

北京有一个人们神往的去处

是竖着高君宝与石评梅墓碑的陶然亭

人们梦萦李清照的西楼

两处闲愁的情景

路过夜幕下的康桥

似乎总是看到徐志摩挥袖的背影

因为爱情

家贫却可富有

老了仍然年轻

昏黑的时候

她是点燃的灯

雨雪飘落的日子

她是街边的长亭

远行的路上

她是耳畔的叮咛

平凡的岁月

她送来善解人意的风

你的窗前洒下的是哪束月光

对着中秋的月亮我在想
你的窗前洒下的是哪束月光

是春宵一刻花有清香
还是天涯共此时的守望
是庭院品茗的清欢
还是独上西楼的惆怅

是人约黄昏后的欢畅
还是月落乌啼的风霜
是对酒当歌的潇洒

还是欲素愁不眠的忧伤

是晨曦里丰收的金黄
还是夕照下家园毁灭的断壁残墙
是月光下温馨的小聚
还是生死别离的百结愁肠

蓦然回首
我的窗前和床上
洒下的仍然是初恋时她的模样
还有每次和母亲别离时她满眼的泪光

多亏有你

——写给妻子

从认识的那天起

多亏有你

当事业挫折的时候

有你的安慰和鼓励

而小有进取的日子

有你会心的微笑和美好的期许

从结婚的那天起

多亏有你

在盛夏炎热的季节

是你在床上铺上了凉席
在严寒还没有来袭的时候
你早已备好全家的寒衣

从孩子出生的那天起
多亏有你
当孩子啼哭和吵闹的时候
你彻夜厮守把他抱在怀里
当老人生病住院的日子
你送上女儿般亲切的话语

从相爱的那天起
多亏有你
你勤俭持家伺候了公婆
你含辛茹苦抚养了子女
我们都衷心感谢
孩子的妈妈，自己的妻

今非昔比

也许有过的过去

相思和友谊尘封在书架的相册里

而今随着手指的滑落

就能在视频中并肩相依

欣赏晨曦下彼此翩翩的舞姿

也聆听夜半互诉衷肠的绵绵细语

即使远隔千山万水

仍然可以在烟火红尘处沉迷

只要再把镜头拉近

仿佛闻到了彼此的呼吸

感恩科技与人文的相拥

从此不再有天上人间的别离

微信的铃声又一次响起

从来没有这样懒惰

什么都不想做

夏日的远山

披上了冬天的暮色

窗外的蝉鸣

伤悲得让人难以琢磨

钟表的滴答声

刺耳的尖刻

一直喜欢的清茶

突然显得那么浑浊

往日的醇香

怎么变成了苦涩

微信的铃声又一次响起

我猛然记得

今晨

她在微信中说

以后不能像以前一样

爱我

七夕的月亮

半弯的月亮
升起在天上
嫦娥的影子
走进我的心房

请伸伸你的玉臂
擦掉我一身的风霜
借我一点柔情
抚慰灵魂的忧伤

相见少

偶　然

日月长
梦中偶然又相见
还是儿时模样

未了缘
自难忘
我看到了升起的月亮
也看到了分别时她两眼的泪光

雨后荷塘

一场大雨

碧空如洗

岸边柳枝婆娑

塘内荷花亭亭玉立

不羡牡丹

不染尘泥

蓦然之间

想起初识的你

貌若桃花

含羞不语

淡淡清香

偶 然

　　沁人心脾

　　闻香识女人

　　原来不虚

"共享"好时光

人们常常以为

某些时光

就是好时光

要共享

而我以为

想和人共享的时光

一旦共享

都是好时光

我有一个漂亮的书签

我有一个漂亮的书签
底色海一样的蓝
一株亭亭玉立的红玫瑰花
那么温馨和耀眼

我有一个漂亮的书签
伴我穿过历史的云烟
讲着家长里短的故事
也演绎着古今中外的风云变幻

我有一个漂亮的书签

它是我生活之舟的风帆

消除我的某些不安和恐惧

常常伴我微笑着入眠

我有一个漂亮的书签

伴我一年又一年

每当我对着书签端详

眼前总是浮现出她灿烂的笑脸

她就是我心中的红玫瑰

我愿意成为衬托它的一片蓝

海滩感言

——望着海滩上那对恋人分手的背影

还是这块海滩

没了她灿烂的笑脸

物是人非

又哪里去寻曾经的港湾

残壳片片

那是破碎的爱的誓言

曾几何时

它见证着他们的爱恋

柔情地对视

把酒言欢

夜幕下起舞

无尽地缠绵

而今他们天各一方

难续前缘

不管她有多少理由

接受别人的橄榄

在他的心里

都是背叛

涛声阵阵

泪水涟涟

既然凡间无真爱

何又心中埋幽怨

从此不问天上人间

醉酒度余年

偶　然

偶然的相遇

为什么会成为记忆中长久的陪伴

在她沉梦听雨和淡定的日子

我却仍然迷恋红尘深处绚丽的云烟

记得那次无意中的邂逅

我盯着那一片河谷与山川

在精神对物质的屈服里

背叛了自己曾经的诺言

只是感觉世上最美的花蕊

在我眼前起伏绵延

醉了大地

染红了峰峦

第六辑

命运

命　运

成功的人常常自谦

多亏领导和朋友的信任

失败的人常常埋怨

自己没有遇上好缘分

而我说

不怪命运

而是你对命运的态度

决定了你的命运

间 断

我突然懂得

同样无知无感的表现

人们为什么拒绝死亡

而贪恋睡眠

原来死亡是一种连续

是一根断掉的琴弦

而睡眠是一种间断

醒来后还有明天

连续有时意味着永久的间断

间断恰恰孕育了生命的绵延

休闲不等于快乐

因为工作上的压力

生活琐事的繁多

一旦放假或休闲

感到很快乐

所以以为

闲暇越多越快乐

殊不知

不是休闲滋生了快乐

而是繁忙之后的小憩

孕育了快乐

闲不等于乐

偶　然

忙而后闲才会感觉乐

所以必须勤奋工作

来创造快乐

美丽与贫瘠

今天一家电视台的新闻报道很有趣

让人感觉有点扑朔迷离

讴歌了经济发展的繁荣

也列数了收入分配的巨大差距

颂扬了环卫工人的付出和奉献

还有一条演艺明星吸毒的消息

问工人是否劳累

回答是本分和有益于身体

问明星为什么吸毒

回答是精神有点空虚

事物常常有两面性

偶　然

这是小事情折射出的大道理

劳动本来艰辛

却也带来美丽

富有原本令人羡慕

但过剩则会带来贫瘠

医道：妙手回春的好医生

十几年里

我一直患着小小的眼疾

就是在右眼的左上角

皮肤上有小米粒大小的白色凸起

除了有伤雅观

还让人有点焦虑

几年前去一家三甲医院的眼科就诊

老医师的说法让自己满腹狐疑

她说祛除小凸起可能留下更大的疤痕并常常流泪

因为它和泪腺只有非常小的间距

前不久在单位的医院体检

一个大夫的说法更是扑朔迷离

她说只能先用刀试一试

看看凸起是水泡还是实性的

我只能礼貌地撒谎

过些天再来处理

直到偶遇一位眼科专家

事情才有了转机

他只是简单地看了看

确定地说切除这个腺囊肿是个小问题

简单明确的答复

让我一点也不再犹豫

在同仁医院手术时

他的操作那么娴熟又那么心细

手术中和手术后没有一丝痛楚

缝合和拆线也那么顺利

术后没有留下一点疤痕

更没有见风流下的泪滴

虽然只是一次小手术

但也让人感慨和唏嘘

它反映医术高低

也折射生活的真谛

有了一丝不苟的精神

小事也让人难忘记

面对妙手回春的好医生

我们真诚地道一声：谢谢您

软 肋

近些年来
各种各样的诈骗令人防不胜防
花样之多令人咋舌
如芒在背

装公检法机关的
提供高额利息的
帮你治癌的
还有请你猜猜我是谁的……

不过我觉得这些都与己无关

骗子的伎俩乃是雕虫小技
直到有那么一天
才惊出一身冷汗

一个自称科技日报社记者的人电话中说
经过院士和教授们的推荐
要对我进行长篇报道
理由很简单——成果累累

觉得有点蹊跷
我哪有那么骄人的业绩
可想想自己确有些著作和论文
扬名天下的机会也的确令人陶醉

于是按照对方的要求发去了简历和成果目录
还向对方索要了相关版面的报纸
想做出鉴别和对比
深恐造成时间和版面的浪费

很快收到对方通知
经过严格筛选
在众多学者中
我光荣地入了围

最后对方问需要一个版面还是半个版面
我问两者有什么差别
对方的答复是前者要 12 万，后者 6 万
这时候自己才觉得味道不太对

对方发来的一张图像模糊不清
另一张则是某大学校长介绍绿色校园的文章
风马牛不相及
像给鲜肉注入了水

拒绝对方的要求几天以后
自己才意识到对方可能根本不是科技日报社的
但眼力的确不凡
清楚你的关切你是谁

骗术千奇百怪
但有一点是共同的
就是下刀的地方
对准了你的软肋

我奔驰车的前挡风玻璃破了

我开着奔驰车在大广线上疾驰

突然听到轻微的崩裂声响起

随后看到前挡风玻璃出现了一个裂纹

并迅速向斜上方延续

停车后一检查

发现裂纹起始处有一个小小的痕迹

这个不愉快的祸根

也不知道来自哪块石粒

换掉前挡风玻璃

同时需要拆下行车记录仪

中间的后视镜

还要重启 ETC

这个不起眼的石粒

引起的相关损失达一万多块人民币

于是我想到了压垮骆驼的最后一根稻草

亚马逊热带雨林的蝴蝶扇翅和飓风的关系

千里长堤毁于蚁穴

多米诺骨牌效应的寓意

这是奔驰车前挡风玻璃的破裂

带给我的启迪

假　话

青城山脚下

朋友一定要雇轿夫用滑竿将他抬上山脊

看到前面陡峭的山峰

他不好意思坐上去

毕竟自己刚刚四十岁出头

还不是七老八十的年纪

看他犹豫不决

轿夫一句话打消了他的顾虑

说抬一个人上去一点也不累

请无论如何要照顾他们的生意

他们一步一步艰难地向上爬

直到看到了轿夫脊背上凸起的青筋和豆粒大的汗滴

这时他才猛然醒悟

他们说的不累是假的

老师的严厉

记得有一次因为精力不集中

小学老师当即抽了我一教鞭

这也是记忆中被当教师的父亲唯一一次打

记得中学的数学老师对肯定那么吝惜

很少在作业上给你一个对勾

仅仅因为没有写上"因为"或"所以"

大学物理老师的问题有玄机

若你的回答顾左右而言他

他犀利的目光会让你心虚

研究生导师的批评更有趣

他不说你的书写太潦草

而是说打字员很难猜透你行书的含义

每当想到自己那么一点成绩

总是情不自禁地想到老师们曾经的严厉

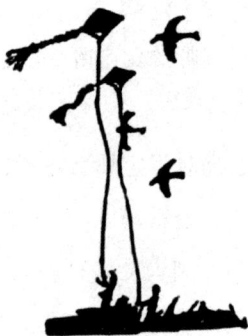

上帝的眷顾

多年前上大学的时候

到了学校的公共汽车站

他拿着一张旧票想蒙混过去

结果被售票员一眼看穿

随即向他投来鄙夷的目光

他立刻涨红了脸

什么语言都难以形容他的羞惭和惊慌

更荒唐的是他手里还拿着刚刚买来的毛选

从那以后

他再也没有了占小便宜的私念

后来每当听到某某人又因贪污和受贿而入狱

或者因贪财而被骗

他总是不由自主地想起

上帝多年前对自己的警告和顾盼

形同虚设

豪华办公楼和高档住宅小区的管理越来越严格

大门和单元门上全部安装了感应式电子锁

持卡人只要刷一下解锁卡便可出入

无卡者只有经过严格审查和登记才被许可

这样做理论上可以防偷防盗

实践下来却让人费琢磨

持卡者常常礼让

无卡者却大摇大摆地先过

尤其是有人拿着东西下楼或出门

大家似乎都想尽帮一下的职责

文明的举止让人感到温暖

但也让制度和安保形同虚设

电子化并非万能

看初衷也要看结果

最好吃的咸菜

几年前的一天
云南一位企业家在首都机场给我打电话
说他给我带来一罐咸菜
希望我去机场拿
因为开会而不能前往
我只能抱歉地告诉他
希望他将礼物就近送给其他的朋友
而且礼貌地表示他的美意已经收下
……
一个半小时以后
我到办公室楼下去接他

遗憾的是我记不得他的名字

也不认识哪个面孔才是他的脸颊

我责怪自己的粗心

更惊讶于他的回答

"我知道您不记得我是谁，但这不重要"

"重要的是，我记住您曾经说过的话"

当我吃这罐咸菜的时候

感觉自己从来没有吃过这么好的咸菜

因为它来自远离昆明 800 华里的一个农家

而腌制者是企业家白发苍苍的妈妈

风　口

风口

顾名思义

乃是峡谷

或两座高楼之间的出口

由于气旋的作用

风力会猛然加剧

能把很重的东西吹起

一位创业型企业家说过

赶上风口

猪也能飞上天

由此很多人都在找风口

只是忘了

风吹过

摔下来的一定是猪

初雪带来的白

北京下了一场初雪
带来了一片白
院落里的白
屋顶的白
城市的白
还有朋友圈里的一片白

摄影家在摄雪的白
诗人在写雪的白
僧侣在谈雪的白
我的世界也是一片白
一半是心灵的白
一半是无奈的白

丑陋的壳

好友送给我一个 iPhone – X
光洁美观
晶莹剔透
手感滑润流畅

看我爱不释手
好心的同事又送给我一个外壳
高级塑料制成
亮晶晶地闪着光

这样过了一年

春节期间想摘掉外壳擦一擦

结果轻轻一碰外壳就碎啦

裸露的本机耀眼明亮

这多像舞台上演员沾上的睫毛

官员花钱买来的学历

教授们的兼职头衔

还有各种各样的包装和评奖

其实好多东西本来是精致和美的

人们偏要给穿上不必要的伪装

我突然警醒还是要卸掉装束

还自己原来的模样

转 变
——《长沙保卫战》观后感

日本少年兵和部一郎

本性很善良

他爹在第一次长沙保卫战中

战死在中国战场

受到东条英机的蛊惑

也参军到中国打仗

在一次战役中被国军士兵马维原俘虏

后被马维原怜悯释放

可是几年后

他却完全变了样

在第三次长沙保卫战中

他说不杀人手痒

而且对释放他的恩人

残忍地放了黑枪

军国主义和残酷的战争

竟使善良的少年变成了杀人狂

后来因其母久子随军慰安且被日军军官杀害

他剖腹自杀前刺透了天皇的画像

蝶

恋

蝶 恋

莫怪蝴蝶爱恋花，
只因花香醉了她。
无论伊人心何许，
秋实不至照春华。

冬日春光

——喜闻小女论文在国际权威期刊发表

缕缕云霞透过窗，

举目尽是好春光。

并非今冬寒去早，

一条喜讯越大洋。

钗头凤·春节

红灯闪，窗花艳，华夏子孙贺新年。

男士骁，女儿娇。江南春绿，塞北雪飘。

俏！俏！俏！

QQ 传，微信转，航班高铁予君便。

儿童潮，老人髦。乐在心头，喜上眉梢。

笑！笑！笑！

采桑子·重阳

一年一度又重阳，
银杏叶黄。
丹桂飘香，
秋风染发恰如霜。

老骥伏枥亦如常，
情系梦想。
爱润诗章，
壮怀不逊少年郎。

天凉好个秋

莫道人已老，
心静不谈愁。
倚门盼望月，
天凉好个秋。

送好友赴西藏

雪域高原绽奇葩，
夜半佛光透吾家。
伊人离京方几日，
魂牵梦绕布达拉。

雨 笛

——赏画有感

珍珠盘里自甘甜，
雨笛声中醉无眠。
俯首笔笔皆诗意，
举目一片艳阳天。

玉 兰

世上花朵万千，
最美儒雅玉兰。
苞若少女含羞，
花开一尘不染。
装俏街区小巷，
扮靓深深庭院。
沉默感动冬日，
绽放醉了春天。

蝶海情

——越剧《蝶海情》观后感

蝶海情

痴香凝

真如知命遁佛门

仲年豁达令人敬

经引蝶

奇香逢

青梅竹马两相知

可叹人间路不平！

小　路

小溪留倩影，
枫叶染长亭。
曲径通幽处，
你我是同行。

问　候

一曲茉莉花，
问候伴午茶。
温馨又典雅，
香飘进我家。

夜 思

夜半钟声催人眠，
关山路远心不寒。
只因两情真相依，
梦中一样话别离。

妄　言

中秋月圆人不见，
何谈千里共婵娟。
都说东坡是高士，
苏轼原来也妄言。

咏 梅

有人爱牡丹，因为她雍容华贵

有人爱荷花，因为她水中吐蕊

有人爱玫瑰，因为她带刺的花蕾

而我更爱梅，因为她傲寒凌霜的美

芦笛岩赞

桂林山水第一观，
美轮美奂芦笛岩。
狮岭朝霞迎远客，
双柱擎天披彩幔。
水晶宫内龙盘影，
奇石异草如梦幻。
为何芦笛长此处，
嫦娥善举感动天。

清华园春景

桃花吐艳伴迎春，
紫荆俏比玉兰芬。
河畔婆娑杨柳色，
清华园景更宜人。

小城桃花

粉红与雪白，
小城路边开。
晨晓空色美，
燕子闯入怀。
不止江南有，
春送塞北外。
诗翁从此过，
疑是桃源来。

咏春雪

——和庆霖兄与顺风先生

寒末瑞雪悄降，

二月梨花弄妆。

多情诗人颂咏，

不负小城春光。

中秋月

——和庆霖兄并凤岐先生

湖光山色扮中秋，
对酒赏月解乡愁。
不羡当年苏学士，
辽河才子亦风流。

故乡美

——和庆霖兄

蓝天白云衬远山，
杨柳依依农庄边。
青草茵茵翠叠翠，
梯田层层环套环。
姹紫嫣红秋色美，
鸟语花香庆丰年。
游子梦中思故土，
家乡一片艳阳天。

一缕清风

——和庆霖兄藏头诗

一条短波越边疆，

缕缕云霞透轩窗。

清清雨丝送凉意，

风雅还是诵诗郎。

附庆霖诗原文《一缕清风》

庆霖

一袭闷雷炸半空，

缕缕帘珠撒朦胧。

清云已被墨云遮，

风声阵阵送雨声。

城中客

——和文奎

大漠深处牧人家，
炊烟袅袅伴云霞。
村里来了城中客，
不厌寂静厌浮华。

故地重游

家乡故地半月游，
会亲访友解乡愁。
炒米奶酪吃不够，
血肠咸肉分外优。
天南地北美食尽，
老家味道最风流。
山光水色无暇顾，
专访当年教学楼。

书生意气

——写在第五届博雅论坛前夕

长歌有伴不伶仃，
书生意气自多情。
喜邀荷塘明月色，
又闻燕园诵诗声。

贺李璨通过博士学位论文答辩并将入职政法大学

——和长辉教授并李璨妈妈

书香耕读家，
常伴有妈妈。
辛勤十八载，
博士惹人夸。
燕园育风雅，
法大添奇葩。
芳邻一声赞，
长辉映夏花。

兰州趣事

——和周长辉教授

东西南北汇兰州，
风送好雨洗尘愁。
长辉未识天公意，
错把夏凉当作秋。

附：周长辉原诗

云横西北齐高楼，
雨忽风寒疑是秋。
一日驰行八百里，
代君看尽西凉州。

战略花开

——读周长辉诗文有感

行为知始，

知为行在。

知行合一，

方始不败。

阳明心学，

认知学派。

长辉巧解，

战略花开。